Les Calinours MC

Merci beaucoup

Par Quinlan B. Lee

Illustré par Jay Johnson

LES CALINOURS MC © 2006 Those Characters From Cleveland, Inc. Utilisé sous licence par Les Publications Modus Vivendi Inc.

Publié par Presses Aventure, une division de **LES PUBLICATIONS MODUS VIVENDI INC.**,
55, rue Jean-Talon Ouest, 2e étage Montréal (Québec), Canada H2R 2W8.

Dépôt légal - Bibliothèque et Archives nationales du Québec, 2006   Dépôt légal - Bibliothèque et Archives Canada, 2006

ISBN 2-89543-438-7

Traduit de l'anglais par : Catherine Girard-Audet

Nous reconnaissons l'aide financière du gouvernement du Canada par l'entremise du Programme d'aide au développement
de l'industrie de l'édition (PADIÉ) pour nos activités d'édition.

Gouvernement du Québec — Programme de crédit d'impôt pour l'édition de livres — Gestion SODEC

PRESSES AVENTURE

Lors d'une belle journée ensoleillée, Dodonours
faisait une sièste.

« Attention ! » s'écria Désirours.

Grosmerci fonça dans le nuage de Dodonours.
« Désolé, dit Grosmerci. J'ai échappé mes invitations
pour le banquet de l'Action de Grâce ! »

« Wow, tu as beaucoup d'invitations, dit Désirours. Qui as-tu invité ? »
« J'ai invité tous les Calinours et leurs cousins. J'espère que tout le
monde pourra venir. »

« N'en dis pas plus ! dit Désirours. Les espoirs et les souhaits sont ma spécialité. Je vais m'assurer que tout le monde vienne au banquet de l'Action de Grâce. »

Tous les Calinours travaillèrent d'arrache-pied pour préparer le château de Paradours. Cupinours et Grosrieur avait adorablement dressé la table et Égalours avait cuisiné des tas de friandises pour tout le monde.

« Merci de votre aide, leur dit Grosmerci. Je n'aurais jamais réussi sans vous tous. »

« C'est tellement amusant de travailler ensemble », ria Solours.

Le jour de l'Action de grâce arriva enfin.

Les Calinours étaient excités de voir leurs cousins.

Tout était parfait, mais il se mit à pleuvoir !
« Je savais que ça allait arriver », soupira Grognours.

« J'espère que Désirours et les cousins viendront quand même »,
s'inquiéta Grosmerci.

Gailourson lui fit un câlin.

« Courage ! dit Gailourson. Ils vont venir. Attends un peu, tu verras. »

« Merci Gailourson, dit Grosmerci. Tes câlins mettent toujours du soleil dans mes journées plus sombres. »

Désirours avait de la difficulté à naviguer
le Bateau des Rêves avec toute cette pluie.
« J'aimerais bien savoir quoi faire », dit-elle.

« N'aie jamais peur ! dit Bravecoeur le lion.
Nous trouverons une façon de se diriger
malgré la tempête. »

« Hé, ça me donne une idée ! s'écria Brillantours le raton laveur.
Réveille-toi, Dodonours. Je vais avoir besoin de ton aide ! »

Copinours aperçut quelque chose briller parmi les nuages.
« C'est le ventre de Brillantours le raton laveur, qui illumine le ciel !
dit-elle. Dodonours et lui dirigent le Bateau des Rêves vers Paradours !»

« Vous avez réussi ! s'écria Grosmerci. Je suis reconnaissant que tu puisses voir dans le noir, Dodonours. »

Dodonours sourit.

« Je suis reconnaissant que Brillantours m'ait réveillé ! »

« Et je suis reconnaissante d'avoir des amis tels que vous. » ajouta Désirours.

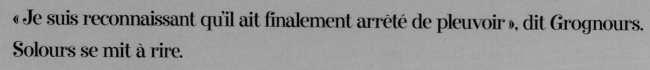

« Je suis reconnaissant qu'il ait finalement arrêté de pleuvoir », dit Grognours.

Solours se mit à rire.

« Je suis reconnaissant que tout le monde soit finalement arrivé !
Allons au banquet ! »

Égalours fit circuler un grand panier rempli de barres arc-en-ciel. « Je suis reconnaissante que tous les cousins des Calinours partagent cette journée avec nous. »

« Hourra ! » s'écrièrent tous les cousins.
« Et nous sommes reconnaissants que Grosmerci nous ait tous invités », dit Toucalin le pingouin.

« Ça me fait plaisir ! répondit Grosmerci. Après tout, c'est le but de l'Action de grâce... célébrer tout ce dont nous sommes reconnaissants ! »